People
Las Personas

by Mary Berendes • illustrated by Kathleen Petelinsek

The
Child's
World®

Published in the United States of America by The Child's World®
1980 Lookout Drive • Mankato, MN 56003-1705
800-599-READ • www.childsworld.com

Acknowledgments
The Child's World®: Mary Berendes, Publishing Director
The Design Lab: Kathleen Petelinsek, Design and Page Production

Language Adviser: Ariel Strichartz

Library of Congress Cataloging-in-Publication Data
Berendes, Mary.
 People = Las personas / by Mary Berendes; Illustrated by Kathleen Petelinsek.
     p. cm. — (WordBooks = Libros de palabras)
   ISBN-13: 978-1-59296-800-8 (library bound: alk. paper)
   ISBN-10: 1-59296-800-7 (library bound: alk. paper)
   1. Occupations—Juvenile literature. 2. Family—Juvenile literature.
I. Petelinsek, Kathleen. II. Title. III. Title: Personas. IV. Series.
   HB2581.B44 2007
   305.9—dc22   2006103383

baseball cap
la gorra

me
yo

wave
saludar con la mano

my dog
mi perro

wheels
las ruedas

skateboard
la patineta

3

my dad
mi papá

my mom
mi mamá

tie
la corbata

me
yo

shirt
la camisa

baby
el bebé

shorts
los shorts

4

basketball
el baloncesto

my brother
mi hermano

my sister
mi hermana

jersey
el jersey

collar
el collar
de perro

soccer ball
la pelota de
fútbol

5

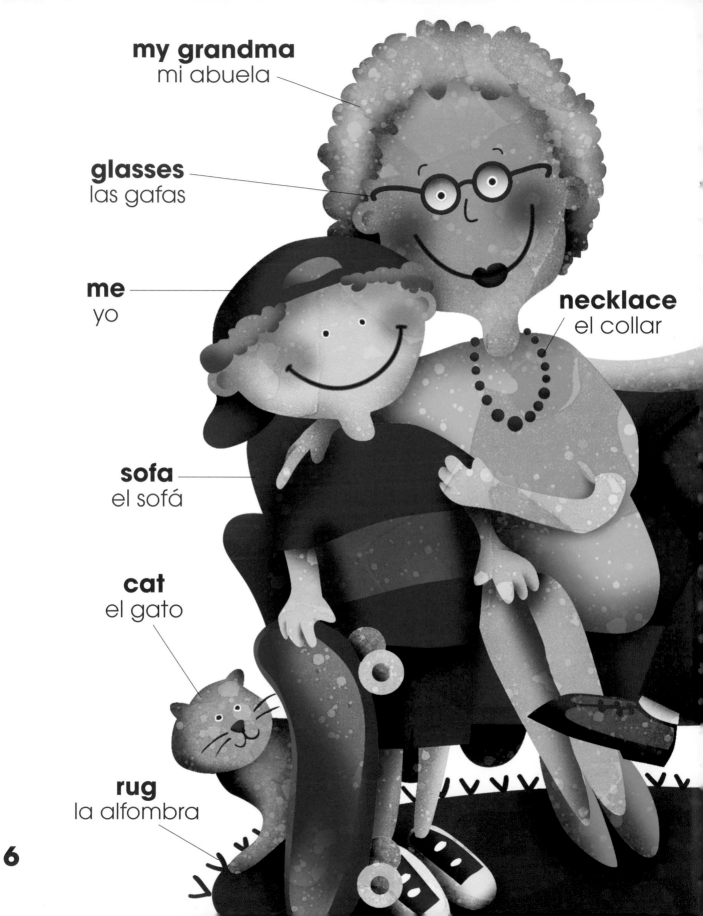

my grandma
mi abuela

glasses
las gafas

me
yo

necklace
el collar

sofa
el sofá

cat
el gato

rug
la alfombra

6

my grandpa
mi abuelo

moustache
el bigote

plant
la planta

table
la mesa

7

my uncle
mi tío

my aunt
mi tía

collar
el cuello

buttons
los botones

pocket
el bolsillo

dress
el vestido

pants
los pantalones

my cousin
mi primo

me
yo

smile
la sonrisa

stripes
las rayas

shoes
los zapatos

9

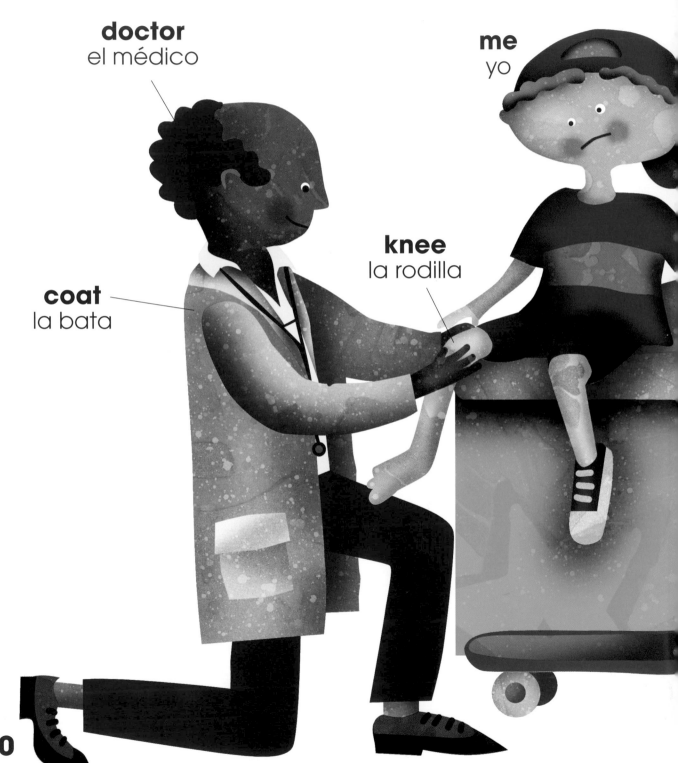

doctor
el médico

me
yo

coat
la bata

knee
la rodilla

10

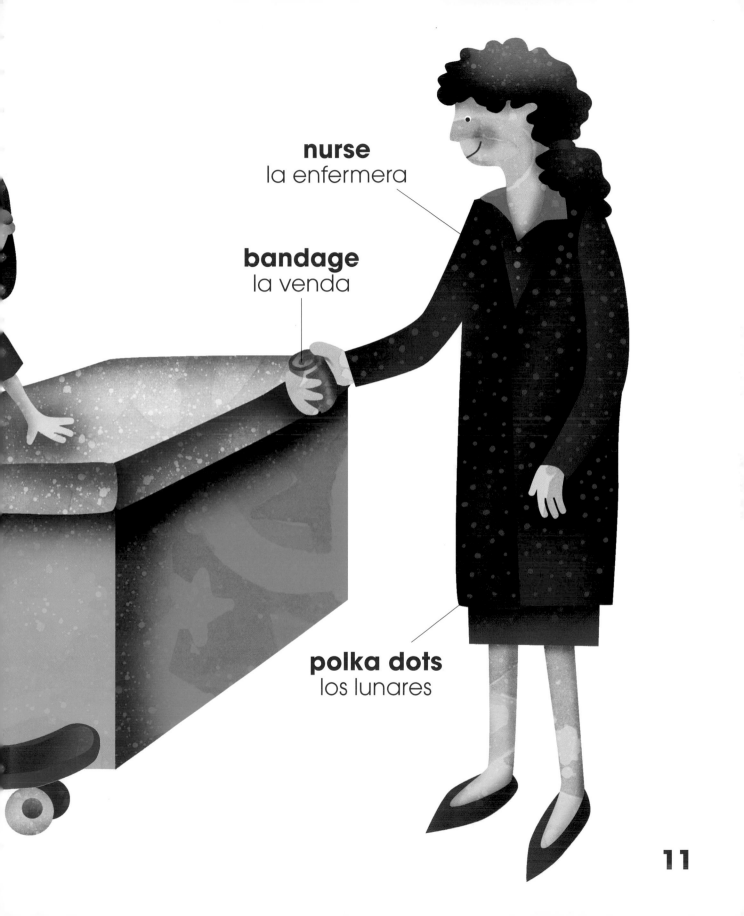

nurse
la enfermera

bandage
la venda

polka dots
los lunares

11

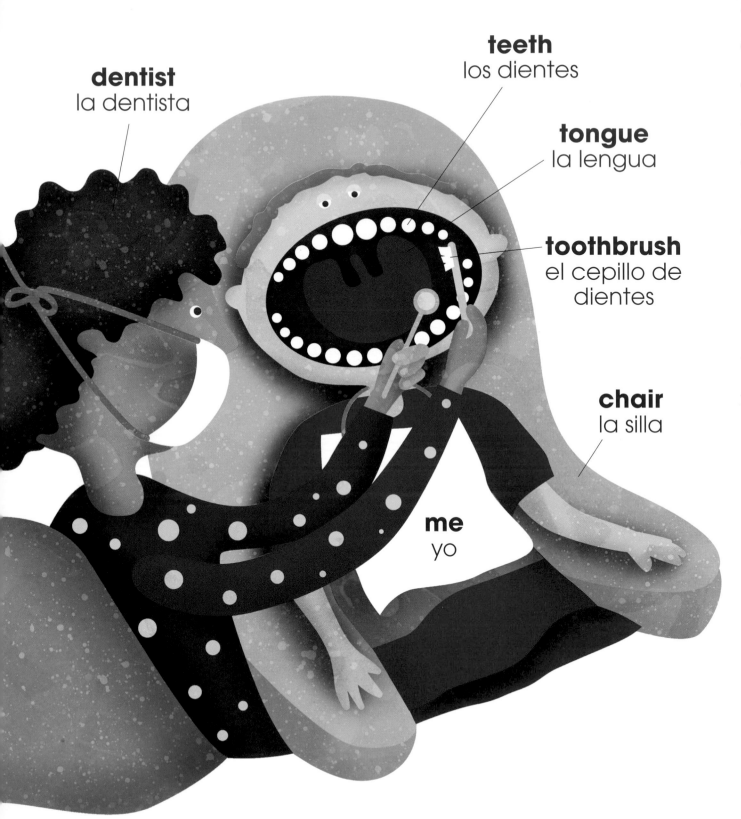

dentist
la dentista

teeth
los dientes

tongue
la lengua

toothbrush
el cepillo de
dientes

chair
la silla

me
yo

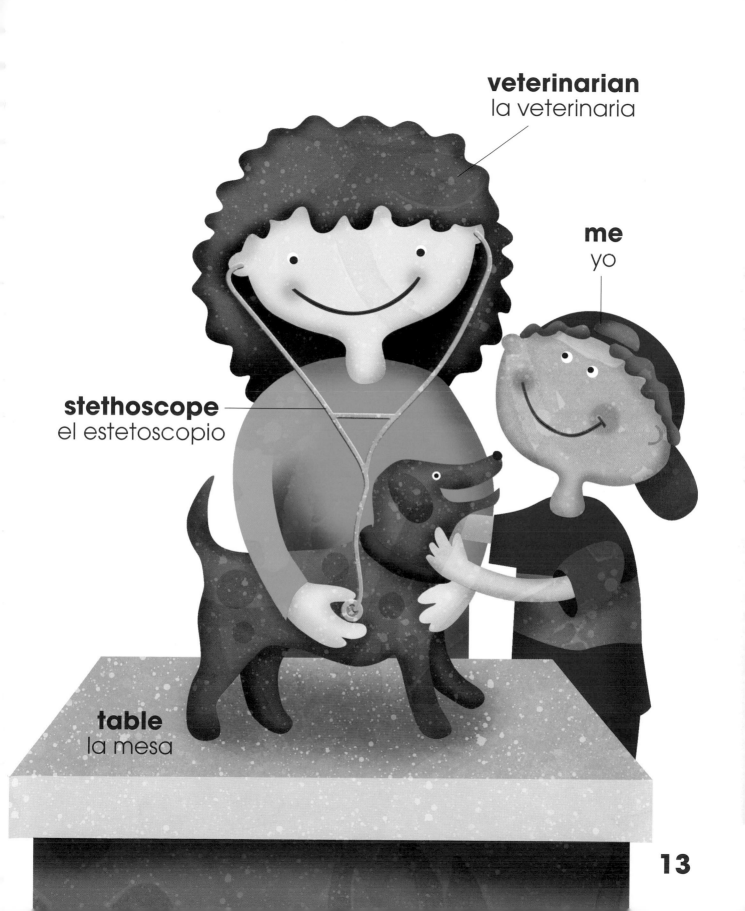

veterinarian
la veterinaria

me
yo

stethoscope
el estetoscopio

table
la mesa

13

flashing light
el faro
de destello

fire helmet
el casco de
bombero

fire truck
el coche de
bomberos

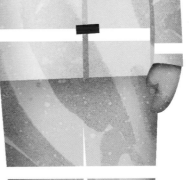

firefighter
el bombero

siren
la sirena

lights
las luces

tire
el neumático

rubber boots
las botas de
caucho

14

brick wall
la pared
de ladrillo

police officer
el agente de
policía

badge
la placa

me
yo

belt
el cinturón

bandage
la venda

15

cook
el cocinero

bowl
el cuenco

window
el escaparate

apron
el delantal

cookie dough
la masa
de galleta

16

curtains
las cortinas

waiter
el camarero

me
yo

pencil
el lápiz

flowers
las flores

menu
la carta

table
la mesa

17

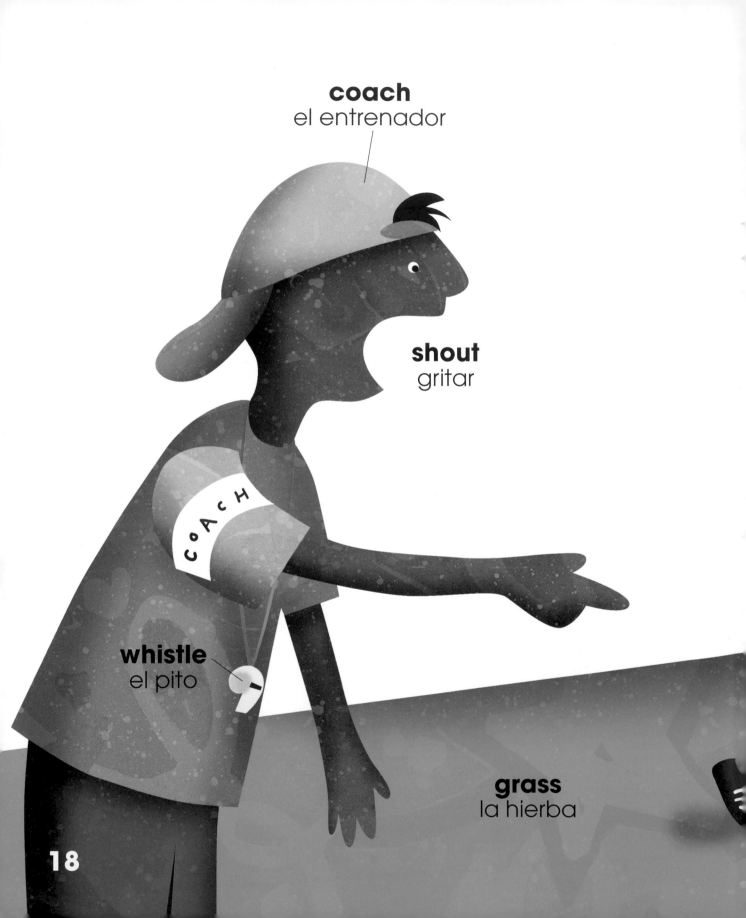

coach
el entrenador

shout
gritar

whistle
el pito

grass
la hierba

18

braids
las trenzas

referee
el árbitro

my sister
mi hermana

soccer field
el campo
de fútbol

19

teacher
la maestra

sweater
el suéter

me
yo

Sail

book
el libro

class
la clase

girl
la chica

20

librarian
el bibliotecario

apple
la manzana

beard
la barba

QUIET

desk
el escritorio

boy
el chico

21

sun
el sol

butterfly
la mariposa

classmate
el compañero
de clase

backpack
la mochila

wave
saludar con
la mano

sidewalk
la acera

me
yo

friend
el amigo

street
la calle

word list
lista de palabras

English	Español	English	Español
apple	la manzana	my cousin	mi primo
apron	el delantal	my dad	me papá
baby	el bebé	my dog	mi perro
backpack	la mochila	my grandma	mi abuela
badge	la placa	my grandpa	mi abuelo
bandage	la venda	my mom	mi mamá
baseball cap	la gorra	my sister	mi hermana
basketball	el baloncesto	my uncle	mi tío
beard	la barba	necklace	el collar
belt	el cinturón	nurse	la enfermera
book	el libro	pants	los pantalones
bowl	el cuenco	pencil	el lápiz
boy	el chico	people	las personas
braids	las trenzas	plant	la planta
brick wall	la pared de ladrillo	pocket	el bolsillo
butterfly	la mariposa	police officer	el agente de policía
buttons	los botones	polka dots	los lunares
cat	el gato	referee	el árbitro
chair	la silla	rubber boots	las botas de caucho
class	la clase	rug	la alfombra
classmate	el compañero de clase	shirt	la camisa
coach	el entrenador	shoes	los zapatos
coat (doctor's)	la bata	shorts	los shorts
collar (clothes)	el cuello	(to) shout	gritar
collar (dog)	el collar de perro	sidewalk	la acera
cook	el cocinero	siren	la sirena
cookie dough	la masa de galleta	skateboard	la patineta
curtains	las cortinas	smile	la sonrisa
dentist	la dentista	soccer ball	la pelota de fútbol
desk	el escritorio	soccer field	el campo de fútbol
doctor	el médico	sofa	el sofá
dress	el vestido	stethoscope	el estetoscopio
fire helmet	el casco de bombero	street	la calle
fire truck	el coche de bomberos	stripes	las rayas
firefighter	el bombero	sun	el sol
flowers	las flores	sweater	el suéter
friend	el amigo	table	la mesa
girl	la chica	teacher	la maestra
glasses	las gafas	teeth	los dientes
grass	la hierba	tie	la corbata
jersey	el jersey	tire	el neumático
knee	la rodilla	tongue	la lengua
librarian	el bibiotecario	toothbrush	el cepillo de dientes
light (flashing)	el faro de destello	veterinarian	la veterinaria
lights (smaller)	las luces	waiter	el camarero
me	yo	(to) wave	saludar con la mano
menu	la carta	wheels	las ruedas
moustache	el bigote	whistle	el pito
my aunt	mi tía	window	el escaparate
my brother	mi hermano		

24